KB214530

구두쇠 아빠

구두쇠 아빠
강만수 동시집 | 석난희 그림

초판 인쇄 | 2012년 01월 05일
초판 발행 | 2012년 01월 10일

지은이 | 강만수
그린이 | 석난희
펴낸이 | 신현운
펴는곳 | 연인M&B
기 획 | 고정욱 여인화
디자인 | 이수영 이희정
마케팅 | 박재수 박한동
등 록 | 2000년 3월 7일 제2-3037호
주 소 | 143-874 서울특별시 광진구 자양로 56 (자양동 680-25호) 2층
전 화 | (02)455-3987 팩스 | (02)3437-5975
홈주소 | www.yeoninmb.co.kr
이메일 | yeonin7@hanmail.net

값 10,000원

ISBN 978-89-6253-109-1 03810

구두쇠 아빠

강만수 동시집 | 석난희 그림

연인M&B

| 시인의 말 |

귀를 쫑긋 세운 채 맑은 눈빛으로 새로운 이야기를 들으려는 아이들은 호기심이 많습니다.

이 동시집은 그런 어린이들을 위해 이 세상과 사랑하는 가족에 관한 55편의 시로 묶었습니다.

그리고 이 책을 읽다 보면 몇 가지 좋은 점을 발견하게 될 것인데요, 우선 세 가지만 소개하겠습니다.

첫째, 입 속에서 자신이 마치 가수가 된 듯 흥겨운 노래를 부르는 느낌이 들 것입니다.

둘째, 머릿속에서 붓을 들고 아름다운 그림을 그리는 화가가 된 것 같을 것입니다.

셋째, 시가 주는 기발한 상상력으로 인해 전혀 예상치 못한 보물을 발견하게 될 것입니다.

이 책은 어린이와 어른 모두에게 유익하다고 생각되는 글이어서 온 가족이 읽어도 좋다고 생각합니다.

쉽고 아름다우며 누구나 공감할 만한 소재를 시로 쓰기 위해 애썼기 때문입니다.

많은 어린이들이 이 시집을 읽는 즐거움에 빠져 행복한 시간을 오래도록 가졌으면 합니다.

2011년 가을 삼각산 여산제에서

강만수

| 차례 |

제1부

제2부

제 3 부

제 4 부

해설

제1부

도화지

기린은 목이 길다, 다리도 길다
그림을 그리는데

자꾸만 도화지 밖으로 목을 내밀다가
겅중겅중 밖으로 걸어 나갔다

크레파스야 도화지야 붙러 줘
다리와 목이 긴 기린을

나를 보면 반갑다며 꼬리를 살랑살랑 흔드는
옆집 백구도 도화지 밖으로 도망갔어

집 뒤 뜰에서 우는 노랑턱멧새도
날개를 파닥이며 하늘로 날아갔고

도화지야 불러 줘 다리와 목이 긴 기린과
옆집 백구와 나무 위 노랑턱멧새를

함께 놀 수 있게 빨리 불러 줘
도화지 나라에서.

키

3층 창으로 내려다보면 달콤한 아이스크림
쪽쪽 빨아 대는 아이들이 보여요

하루가 다르게 쑥쑥 커 나가는
아이들은 얼마나 키가 클까요?

전봇대에 금 그어 재 보고 싶어요
내 키와 동네 친구들 키

파란 색연필로 표시해 놓을 거예요
십 년 뒤 얼마큼 컸는지

다시 찾아와 새 금 그을 거예요.

자동차

목마른 흰색 차
하마처럼 입을 쩍 벌려요

운전수 아저씨
자기가 마시던 생수를 먹여요

물을 실컷 마신 뒤 씽씽 달릴 수 있게끔
자동차에게도 꼭 필요한 물

승용차가 목마르다고
멈춰서기 전

먼저 물을 주도록 해요.

쓰레기통

입을 턱 벌린
음식물 쓰레기통은 냄새 폭탄

우 우 욱 음식물 썩는
지독한 냄새

술 마시고 담배 피우는
옆집 아저씨

입 냄새보다도
더 심한

사람들은 뚜껑만 열면 바로 터지는
구린내 폭탄을

문 앞에 하나씩 놓고 산다
집집마다.

보도블록

아줌마가 우산대로 찔러도
할아버지가 지팡이로 찔러도

아이들이 배 위에서 쿵쿵 뛰어도
아프다고 잉잉 울지도 못하는

초록색과 노란색 보도블록
이제 그만 괴롭히면 안 될까요?

왜 나쁘죠

아침에 일찍 일어나는 건 싫어요

미술학원과 피아노학원
숙제도 싫어요

그냥 친구들하고
재미있게 놀면 안 되나요?

이런 생각은 나쁜 마음이라고
엄마 아빠가 그랬어요

그런데 왜 나쁘죠?
아이들이 노는 게.

식당
김치찌개
된장찌개

무서운 식당

엄마와 함께 간 식당
손님들은 화내면서

종업원을 불러요
어이, 여봐! 언니! 이봐!

주문을 받으러 올 때까지
차분하게 기다리면 안 되나요?

그 목소리 너무 무서워

우리는 숨죽이고 기다려요
밥을 먹을 수 있을지 몰라요.

천 개의 손

신문이나 낡은 옷과 헌책이
길가에 나오면

삼 분 아니 일 분도 안 돼
갑자기 나타나

재빨리 주워 가는 할아버지나 할머니는
천 개의 팔이 달렸나?

손바닥에도 눈이 있는
부처님 같다.

지하철

사람들이 뛴다
횡단보도와 지하철역

에스컬레이터에서도 뛴다
엘리베이터 앞과 계단에서도 뛴다

뭐가 그리 급할까?

저러다 넘어지면 다칠 텐데.
나도 뛰어야 하나?

아니, 아니 아니야
걸을래 천천히

엄마가 다치면 안 된댔으니…….

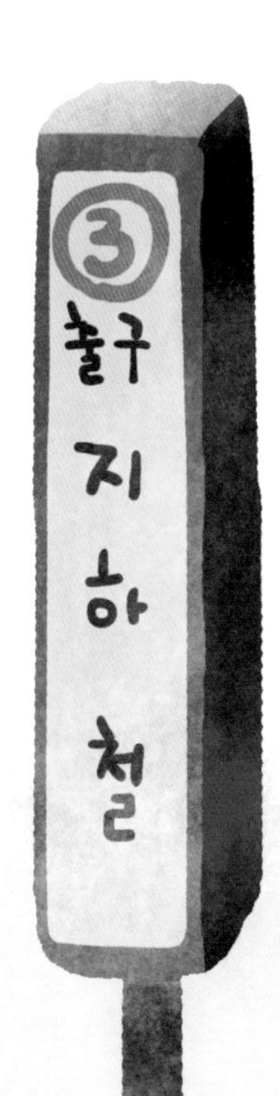

우산은 풍차

노란 장화 신고
집에 가면서

파란 우산 손잡이
빙빙 돌리며 콧노래 부른다

빗방울이 노래와 어우러져
차르르 흩어지는

빨간 우산 쓰고서
물 고인 데로만 첨벙첨벙 디디며

내 우산은 풍차
돈키호테가 어딘가에서 공격할지 몰라.

난초와 나

난초에 물을 주고
나도 물을 마셨다

내가 난초를 키우나?
난초가 나를 키우나?

난초와 나는 함께 커
난초가 피워 올린 흰 꽃

오늘 초등학교에 입학한 나
1학년 난초반 강동훈.

놀이터

유치원 놀이터에

그네와 시소가
폴짝 뛰어 내려왔다

눈이 내릴 때면
그네와 미끄럼틀도

아이들과 함께 신나게 놀았다.

산수

0에다 0을 더하면
무슨 숫자가 나올까요?

0에서 0을 빼면
어떤 숫자가 나올까요?

0 곱하기 0은요,
0 나누기 0은요?

답은 아무것도
남는 게 없는 0이에요

0은 숫자의 왕
왕자에도 0이 두 개나 있네요.

피자와 통닭

피자 한 판에 콜라 그리고 통닭 반 마리
혼자 몽땅 먹었더니 배가 불러요

맹꽁이처럼 잔뜩 부른 배
두드리면 통통 소리가 나요

이러면 뚱보가 될 것 같아요
오늘 저녁부터는 조금만 먹을래요

그럴 수 있을지는 모르겠지만
아무튼 지금 마음은 그래요.

신호등

신호등이 왜 이렇게 길어 하더니
할머니와 아저씨는 빨간색에 건넜어요

빨간색 신호등에
횡단보도를 건너도 되는 건가요?

왜 나만 기다렸다
초록 불에 건너야 하는 걸까요?

있으나 마나 한 신호등.

높임말

자전거님은 기다리시고
책상님은 깨끗하시고
엘리베이터님은 편리하세요

어른들은 물건에도 존댓말 쓰고 있는 걸
나도 배우셨어요

"뒤쪽 테이블에 설탕이 있으신가요?"
"햄버거 가게는 어디쯤 계신 건가요?"

국어점수 0점
어른들은 나보다도 모르세요.

제2부

물방울

콩콩 가슴속 심장 소리와
장단을 맞추는

파초 잎 위에 떨어지면 콩
봉숭아 잎 위에 떨어지면 통

고춧잎 위에 떨어지면 쿵
호박 잎 위에 떨어지면 퉁

맨발에 떨어지면 퍽
콩 통 쿵 퉁 퍽

빗방울은 멋진 음악가예요.

배를 다 먹은 날

잘 익은 배 누가 매일 한 입씩
베어 먹나 봐

하늘에 떠 있는 둥근 달
한 입 한 입

야금야금 먹다 보면
눈썹만큼 남게 되는

한 입 베어 물면
단물이 입 안 가득한

하늘엔 아삭한 배를
퍽이나 좋아하는

할아버지가 사셔서
그믐날이면 씨알도 안 남기나 봐.

나무 그늘

초록 나뭇가지 뻗어
운동장에 그림을 그리는

나무 그늘은
피카소

시원한 그늘 물감
마구 풀어내

푸르른 나뭇가지
무늬를 그리는

깊은 그늘은
5학년 7반 미술 시간.

털갈이

껍질을 밖으로 자꾸 밀어내는
버즘나무도 털갈이를 한다

계절이 바뀔 때면 털을 바꾸는
옆집 흰둥이 뽀삐처럼

버즘나무는 뽀삐 닮았다
아니 뽀삐가 버즘나무를 닮았나?

오줌싸개

아 차가워 갑자기 퍼붓는 소나기는
오줌싸개야

쉬가 마려우면 장독대나
공원 분수대 앞 어디든

선 채로 오줌을 마구 싸댄다
잠을 자다가

이부자리에도 오줌을 쏴 아 아
푹 젖게 만든

동생과 소나기는 형제인가 봐.

우편함

우편함 속 이파리
누가 배달했나요?

허공에 띄운
빨간 우편함 속

연초록 이파리
오월이 보내온 엽서였어요.

소나무

수백 수천 수만
그도 아닌 수십만 개

바늘을 셀 수도 없을 만큼
무진장 꽂아 놓고 보관하는

푸른 소나무는 바늘 창고
아 무시라.

봄날

노란 개나리와
연분홍 진달래꽃에게

자주색 할미꽃이
산 아래 계곡으로 모두 모이라고 했어요

오늘은 왕벚나무 할아버지
생신날

봄볕 아래 모든 꽃 모여
팔순 잔치 벌여요

먼 숲에서도 손님이 왔어요
벌과 나비 그리고 까막딱따구리 두 마리.

봄비

꽹과리는 치면 칠수록 예쁜 소리
깨갱 깨갱 깨 깨갱 깨 깨갱

흙을 두드려 그 안에 묻힌
풀꽃들 숨골을 건드리고

풀씨들 마음을 일깨워
새치름한 꽃대를

밀어 올리는 맑은 힘
봄비는 힘이 센 천하장사야.

이 색은 무슨 맛일까

감나무 가지에 매달린
땡감은 떫어

포도 넝쿨에 걸린 연녹색
청포도는 시큼해

프라이팬에 볶은 검은콩은
들기름 배어 고소해

이 색도 맛보고 저 색도 맛봤지만
세상에서

가장 맛있는 맛은
할머니가 만들어 주신 떡볶이.

발자국

이른 아침
사박사박 눈 위

철수네 닭
미희네 오리들이

신발과 양말도
안 신고 찍은 발자국

맨발 꽁꽁 얼겠다.

의자

누가 의자를 내다 놓았지
파란 의자 노란 의자 빨간색 의자

바쁜 꿀벌과 나비들이
잠깐 앉아 쉴 수 있게끔

숲길에 내놓은 꽃잎 의자
잠시 쉬었다 가세요

안 바쁘시면.

모범생 새

멀리 시베리아에서 온 검둥오리와
몽골에서 날아오는 독수리들

겨울이면 우리나라로
한 번도 빠지지 않고 온다

공부를 하기 위해
수업을 빼먹지 않고

따뜻한 남쪽인 이곳으로 찾아오는
저 새들은

모두 모범생들이다
개근상장 줘야지

아니, 우등상인가?

갯벌

우르르 몰려나온 게들이
와르르 달아난다

게들에게도 길이 있나?
그 길을 따라서

게들은 집에도 가고
학교에도 갈까?

하늘엔 비행기 날아다니는 길이 있고
갯벌의 게들에겐

니은 니은으로
기어 다니는 길이 있는 걸까

나도 얼른 집에 가야지
내 길 따라서.

곡예사 거미

곡마단 인기 스타 같아요
바람이 불 때마다

흔들거리는 줄 위에서
발을 헛딛지도 않고

허공에서 아찔한 외줄타기
묘기를 부리며

꽁무니에서 뿜어내는
긴 실로 능숙하게 줄을 타는

거미는 일급 곡예사에요.

햇볕

햇볕은 어둠을 밀어내는
맑은 거울

그 앞에 서면
아이 창피해

벌거벗은 몸까지도
모두 다 드러나니까.

뽀삐가 쓴 동시

뽀삐 짖는 소리 월 월 월
쉬지 않고 짖어 대는

소리를 따라 썼다
지웠다 다시 쓴

뽀삐 소리로 원고지 칸을 채운
그 소리 닮은 동시 지을 거예요

뽀삐 짖는 소리 받아 써 봐요

옆집 초롱이 앞집 뭉치
짖어 대는 소리가 동시가 되네요.

멍멍 멍 컹 컹 컹
으르르 멍멍 멍 멍멍 멍

참 잘 썼어요.

상처

나뭇가지 끝에 매달린
노란색 감에

돌멩이를 던져 상처를 낸 건
누구일까요?

감에게 깊은 흉터를 남긴
아이들이 미워요

감이 많이 아팠을 테니.

파란 연못

파란 연못 앞에 서면

염소도 파랗고
나무도 파랗고

하늘도 파랗고

나도 파랗다
파란 연못은

온 세상을 파랗게 물들이는
마법의 염색공장.

눈

뻥튀기 아저씨가
뻥이요 뻥뻥 하고

크게 소리를 지르며
뻥튀기 기계를 열어요

아이들 머리와 나무 위에도
흰 튀밥을

하늘에서 마구 뿌리고 있어요.

신기루

사막엔 호수 강에는 도시가 두둥실
다가가면 금방 사라졌어요

선생님 말씀
공기의 온도 차 때문이라고 해요

어떻게 그런 일이 생길 수 있는 걸까요?
참 신기하네요

시험 점수 나쁠 때
학원 빼 먹었을 때 도끼눈 뜬

엄마도 신기루였으면 좋겠어요.

목련 나무

환한 빛으로
골목길을 밝혀 주려고

목련 나무들은
다리가 아픈 것도 잊고

어두운 밤 불 켜진 전구 닮은
꽃등을 들고 서 있어요

나도 크면 등불이 돼 어두운 곳을
환하게 하고 싶어요.

양떼구름

수백 마리 양 떼들이
노는 걸 보면

하늘은 양들이 뛰어노는
푸른 농장 같아요

양치기는 누구지?
정말 힘들겠다.

미안해

미루나무는 무슨 잘못을 한 걸까요?
긴 끈으로 온몸을 친친 묶어 놨어요

신장개업, 장미축제 현수막 묶은 자리…….
이제 그만 끈을 풀어 주기로 해요

나무는 아무 잘못도 하지 않았잖아요
우리 모두 나무에게 미안하다고 말해요.

제3부

짝사랑

내 가슴에
불이 붙었나 봐요

미리만 보면
가슴이 콩콩콩

생각만 해도
볼이 화끈화끈

겨울에도 난로가 필요 없어요
미리는 태양이니까.

어미 돼지

어미 돼지 품을 파고들며

"내가 더 먹을 거야 꿀꿀."
"너는 그만 먹고 저리로 가 꿀꿀."

서로를 밀어내는 일곱 마리 새끼 돼지
젖꼭지를 물어뜯을 때마다

몸을 움찔거린다
쭉쭉 움찔 쭉 쭉 쭉 움찔 움찔 움찔

모든 것을 내주는 어미 돼지
회사에 다니시는

우리 엄마랑은 많이 달라.

선풍기

안방에서 퍼덕이고 있어요

아무리 날갯짓해도
높은 하늘로 날아오르지 못하면서

나는 뜨거운 여름엔 하루도 못 쉬고
바람을 만들기 위해 철망에 갇힌 신세

하지만 삼복더위에 땀띠가 송송 돋은
아기는 나만 바라보네요

피곤해도 나는 불평하지 않아요
언젠간 날아오를 꿈이 있으니까.

공부방 선생님

아직 뿌리를 내리지 못한
어린 나무 같은 아이들이 있어요

넉넉한 햇볕이 들게 하고
물을 뿌려

묵묵히 아이들을 길러 낸
어제보다는 오늘이

오늘보다 내일이 더 나을
나무와 같은 아이들 곁에는

목마를 때 마시는 맑은 샘과 같은 선생님이
미소 짓고 있어요.

친구

나하고 놀자 남길아
응, 그래

미끄럼틀을 타고 그네를 밀어주며
재미있게 노는데

다른 아이들이 다가 온다
이 동네 아이들도 함께 놀고 싶은 거야

잘 듣지 못한다고
잘 걷지 못한다고

싫어한 게 아니었어
우리가 잘 몰랐구나

모두 친구가 될 수 있어
몸이 불편해도 서로를 도와주는

그런 사이 될 수 있어.

호수

구리 동전 밟는 소리처럼 들렸어요
호수 위에서 들리는

쇠오리들 헤엄치는 소리

동전을 부리로 쪼아 대는 소리 같아요
호수는 수많은 주황색 동전을

물 위에 깔아 놓은 것처럼 반짝여요
큰 가방 들고 나가

동전들을 모두 주워 담아
가난한 사람들에게

나눠 주고 싶어요.

아기

아빠 보고 벙긋벙긋 웃는 아기
문 열고 출근하려다

다시 들어와 눈 코 뺨 귀에
으 음 뽀뽀를 하는

아빠 발바닥을
방바닥에 붙게 만든

아기는 아주 센 본드다.

제 4 부

전세

집이 없는 사람은 자주 하는 이사
내 집이 아니니까

세 사는 작은 방과 큰 방
주인이 나가 달라고 하면

비실비실 비워 줘요
우리 가족이 2년 만에 또 하는 이사

집주인이 올려 달라는 전세금
실직한 아빠는 올려 주지 못했어요

우리가 갈 곳은 변두리뿐.

작아진 신발

발통을 조이는 작아진 신발
빠르게 쑥 커 버린 발

언제 컸는지도 모르게 커 버렸네
내 발이 큰 것은 생각도 못했어

신발이 작아져
신발 뒤축을 꺾어 신고 다녔어요

발이 아팠지만
아빠가 신발을 사 줄 때까지

꾹 참고 다닐 수밖에.

눈사람 수비대

눈사람을 만들고 싶다
만세 부르는 눈사람

나란히 어깨를 기댄 눈사람 팔짱 낀 눈사람
사진 찍는 눈사람

할머니 눈사람 할아버지 눈사람
삼촌 눈사람 모두 만들어
동네 앞 골목길 수비대를 만들자

검정 숯으로
눈 귀 코 입술과 맑은 두 눈을

시린 손 호호 불면서
가족들 꼭 닮은 눈사람 만들 거야

우리 동네 지키려고
외계인들이 못 쳐들어오게.

흰꼬리수리

삼촌이 침대 머리맡에서 읽어 주시다
책상 위 올려놓으신

흰꼬리수리 그림책
오늘 밤 마저 읽어 주시겠다고 하셨는데

그 새는 어떤 새일까?
삼촌을 기다리다 잠이 들었다

언제 들어오셨나?
늦은 시간인데도

약속은 지켜야지
새의 소리를 쿠잇 쿠잇 카앗 카앗 흉내 내시며

동화책을 읽어 주시는 막내 삼촌
고맙습니다.

구두쇠 아빠

엄마가 사다 준
일회용 면도기 한 번 쓴 뒤에

바로 버리기 아까워

수염을 여러 번 깎고 또 깎으시는
우리 아빠

일회용 면도기 아닌
오회용 육회용

열 번 가까이 사용하는
아빠는 구두쇠

용돈 좀 주세요 네?

성적표

매우 잘함, 아들 성적표를 본
구멍가게 아저씨가 허허허

콩나물을 사러 온 아줌마도 호호호
과자 사러 온 아이도 해해해

두부 한 모 사 오라는 심부름도 까먹고
나도 히히히

모두 함께 웃어요
허허 호호 해해 히히.

여행

지금 여행 중이에요
제게 볼일이 있으신 분은

나중에
다시 찾아와 주세요

그게 언제냐고요?
저도 잘 몰라요

붉은 기와집 대문 앞에는
빛바랜 메모가 붙어 있어요

나도 책상에 써 붙였어요
어느 날 갑자기

세계 여행의 꿈을 이루기 위해 떠나겠다고
고아원 원장님과 누나와 형들에게.

외로운 늑대

형이 있었으면 좋겠다
옆집 민욱이처럼

컴퓨터 게임을
가르쳐 주는

그런 형

동물원 우리 안
혼자 웅크리고 있는 늑대도

형이 없나 봐
종일토록 낑낑거린다.

| 해설 |

어려운 현실을 치유하는 동심의 무한한 상상력

—강만수의 동시 세계

고정욱(동화작가 · 소설가)

강연을 가 보면 동화를 쓰려는 사람들이 나에게 묻곤 합니다. 어떻게 하면 동화를 잘 쓰냐고. 솔직히 얘기하면 동화를 잘 쓰는 요령은 없습니다. 나도 수없이 많은 동화를 썼지만 어떻게 하면 좋은 동화를 잘 쓸 수 있는지는 여전히 고민거리입니다. 하지만 정답에 가까운 한 가지를 말해 준다면 그것은 어린이의 마음을 아는 것이라고나 할까요. 나를 잘 아는 사람들은 내가 가끔 짓궂게 장난을 치거나 환하게 웃는 걸 보면 어린이 마음을 가지고 있다고 합니다. 그런 마음을 가지고 있기 때문에 내가 쓰는 동화를 어린이들이 재미있다고 해 주는지도 모릅니다.

나의 오랜 문학 친구 강만수 시인이 최근에 동시를 쓰기 시작했습니다. 나와 함께 강연을 다니고 어린이들을 접하다 보니 흰머리가 희끗희끗한 시인의 마음에도 뒤늦게 동심이 들어간 것 같습니다. 그의 동시집 원고를 읽으면서 동심은 어른이 가져야 될 마음이며 우리가 돌아가야 할 고향이라는 생각을 다시금 하게 되었습니다. 강만수 시인의 동시를 보며 느끼는 가장 큰 특징은 자연을 사랑한다는 것입니다. 어린이들은 사실 자연의 산물이지요. 마음껏 뛰어놀며 물고기를 잡고 산에 오르고 계곡에서 수영을 하는 것이 바로 자연의 일부라는 증거이기도 합니다. 그렇게 놀 수 있는 어린이들이기에 자연을 오감으로 느낄 수 있습니다. 오감으로 느끼는 것은 어린이들만의 세계입니다. 나는 어린 시절 빗물이 새어든 천장의 얼룩을 보면서 무한한 상상을 했습니다. 빗물의 형상을 요모조모 사물과 맞추면서 마음은 우주를 떠돌았던 것입니다. 자연에 대한 호기심을 갖는 것이 어린이들의 동심입니다.

콩콩 가슴속 심장 소리와
장단을 맞추는

파초 잎 위에 떨어지면 콩
봉숭아 잎 위에 떨어지면 통

고춧잎 위에 떨어지면 쿵
호박 잎 위에 떨어지면 퉁

맨발에 떨어지면 퍽
콩 통 쿵 퉁 퍽

빗방울은 멋진 음악가예요.

—〈물방울〉 전문

이 시에 보면 빗방울이 떨어지는 소리를 다양하게 상상하고 있는 어린이가 떠오릅니다. 빗방울이 떨어지는 곳마다 소리가 다르다며 그 소리들이 합쳐져서 멋진 음악을 만들 거라는 생각은 어린이들만 할 수 있습니다. 어른들은 비가 오면 피할 생각부터 하기 때문이지요. 오감을 열고 자연을 관찰하는 어린이들의 마음이 있기에 그 마음에는 상상도 자유롭게 드나듭니다. 상상은 그 어떤 것에도 날개를 달 수 있습니다.

수백 수천 수만
그도 아닌 수십만 개

바늘을 셀 수도 없을 만큼
무진장 꽂아 놓고 보관하는

푸른 소나무는 바늘 창고
아 무시라.

—〈소나무〉 전문

솔잎은 정말 바늘처럼 뾰족합니다. 그러한 솔잎을 우리는 송편 찔 때만 먹는 걸로 알았지, 이렇게 시인처럼 솔잎의 가시를 바늘로 상상하기는 쉽지 않습니다. 그런데 그 소나무가 바늘 창고라는 데까지 상상력이 연결됩니다. 바늘이 잔뜩 있으니 찔리면 얼마나 아플까요? 어린이들에게 자연에 대한 관심을 유도하도록 동시를 꾸몄습니다. 그렇게 본다면 세상 만물은 온통 동시의 소재가 되는 것이겠지요. 그냥 스쳐봐서는 안 됩니다. 하나하나 의미를 주고 자세히 살펴야만 거기에서 아름다운 시가 나오고 자연을 사랑하는 마음이 배어나올 수 있기 때문입니다. 그러한 상상력은 우리들에게 미래를 새롭게 대비할 수 있는 힘을 주기도 하지요. 〈도화지〉라는 동시를 살펴보겠습니다.

기린은 목이 길다, 다리도 길다
그림을 그리는데

자꾸만 도화지 밖으로 목을 내밀다가
겅중겅중 밖으로 걸어 나갔다

크레파스야 도화지야 불러 줘
다리와 목이 긴 기린을

나를 보면 반갑다며 꼬리를 살랑살랑 흔드는
옆집 백구도 도화지 밖으로 도망갔어

집 뒤 뜰에서 우는 노랑턱멧새도
날개를 파닥이며 하늘로 날아갔고

도화지야 불러 줘 다리와 목이 긴 기린과

옆집 백구와 나무 위 노랑턱멧새를

함께 놀 수 있게 빨리 불러 줘
도화지 나라에서.

―〈도화지〉 전문

기린을 그려 놓으면 도화지 밖으로 도망을 갑니다. 앞집 백구를 그렸더니 역시 백구도 도화지 밖으로 도망갔습니다. 이는 옛날 중국 고사에 화룡점정이라고 용의 눈을 찍었더니 용이 살아서 도망가 버린 상상력과 맞닿아 있습니다. 그리는 족족 동물들이 도망가니 친구들을 만들고 싶어도 친구가 없습니다. 그러자 도화지에게 도움을 요청합니다. 함께 놀고 싶으니 빨리 친구들을 불러 달라고.

친구가 되고픈 동물들과 함께 놀 수 있는 곳은 어디일까요? 그것은 바로 도화지 나라입니다. 이것은 어린이들의 상상력이 어디까지 갈 수 있나를 보여 줄 수 있는 아름다운 동시입니다. 내가 그리는 사물이 다 살아 움직인다면 얼마나 좋을까 하는 생각을 해 봅니다. 어린이들은 상상을 그림으로 그려 내기 때문입니다. 함께 놀고 싶은 마음도 이렇게 그림을 통해 드러내고 동시를 통해 표현할 수 있다면 어린이들의 마음은 얼마나 행복할까요? 시인은 바로 그러한 어린이들의 상상을 도화지를 통해 그림으로 그려 내고 있습니다.

이러한 상상은 다르게 생각한다면 어른들이 옳다고 생각하는 것에 의문을 품는 것까지도 연결이 됩니다.

아침에 일찍 일어나는 건 싫어요

미술학원과 피아노학원
숙제도 싫어요

그냥 친구들하고
재미있게 놀면 안 되나요?

이런 생각은 나쁜 마음이라고
엄마 아빠가 그랬어요

그런데 왜 나쁘죠?
아이들이 노는 게.

—〈왜 나쁘죠〉 전문

어른들은 아이들에게 창의력을 가지라고 합니다. 하지만 어떻게 해야 창의력을 갖는지 무엇이 창의력인지는 제대로 설명해 주는 어른은 별로 없습니다. 시인은 거기에 해결책을 보여 줍니다. 그것은 바로 왜냐고 묻는 것이지요. 왜냐고 묻는 것은 궁금해서 물어볼 수도 있고 좀 더 알고 싶어 물어보는 것일 수도 있지만 진짜 상상력에 도움이 되는 것은 누구나 당연하다고 여기는 것에 왜냐고 의문을 품을 때입니다.

옛날에 발명가 한 사람이 연필로 그림을 그린 뒤 지울 때는 지우

개를 가져다가 지우는 것을 보고는 연필 꼭지에 지우개를 매달아 새로운 상품을 만들었습니다. 왜 두 개를 따로 써야만 하나? 하나로 합칠 수 있지 않을까 하는 상상이 있었기 때문에 그러한 물건을 만들 수 있었습니다.

왜냐고 묻는 것, 그것은 당연하다고 여기는 것을 의심하는 것입니다. 학원이 얼마나 힘들게 했으면 아이들에게 이러한 질문을 품도록 했을까요? 아이들이 뛰어놀고 재미있게 노는 게 왜 나쁠까요? 어른들은 어느새 어린이들이 공부하는 것은 좋은 것이고 뛰어노는 것은 나쁜 것이라고 가르칩니다. 여기에 왜냐고 물을 수 있어야 합니다. 그것이 동심입니다.

이 시에는 어린이들의 숨 막히는 현실을 보고 그 숨통을 터주고 싶은 시인의 사랑하는 마음이 잘 드러나 있습니다. 정말 우리 어린이들이 어른들이 강요하는 것에 의문을 품은 뒤 자신의 삶의 길을 찾아내 두려움 없이 돌파해 낸다면 우리의 미래는 좀 더 나아질 것입니다.

하지만 그러한 미래는 어디까지나 현실에 발을 딛고 있어야 합니다. 현실을 떠나서 공허한 미래를 보기만 하고 상상만 한다면 그 동심은 몽상이 되기 십상이기 때문입니다. 시인은 그러한 현실을 날카롭게 그려 내고 있습니다. 어린이들의 작품에 현실을 그려내는 건 쉬운 일은 아니지만 분명히 어린이들은 어린이들 나름의 안목이 있습니다. 그 안목으로 현실을 보는 것이 때로는 날카롭습니다.

집이 없는 사람은 자주 하는 이사
내 집이 아니니까

세 사는 작은 방과 큰 방
주인이 나가 달라고 하면

비실비실 비워 줘요
우리 가족이 2년 만에 또 하는 이사

집주인이 올려 달라는 전세금
실직한 아빠는 올려 주지 못했어요

우리가 갈 곳은 변두리뿐.

—〈전세〉 전문

요즘 전세 보증금이 오르고 월세가 오르다 보니 사람들의 삶이 팍팍해졌습니다. 집이 없는 사람은 남의 집을 빌려 살아야 하는데 전세금이 날마다 오르니 한집에 오래 살기가 정말 어렵습니다. 어린이들을 지키고 보호하는 것은 사실 가족들의 품입니다. 가족의 울타리가 있을 때 어린이는 안전하게 보호가 됩니다. 그러한 울타리에 변화가 오는 것이 바로 이사인데 가족들에게 이사는 큰 변화입니다. 그것도 돈을 많이 모아 부잣집으로 늘려서 가는 거라면 아무 문제가 없겠지요. 하지만 돈이 없어 변두리 작은 집으로 쫓기듯 가야 하는 아픔이 이 동시에는 잘 그려져 있습니다. 돈이 부족해 밀려나는 처지는 결코 즐겁거나 유쾌하지 않습니다. 슬프고

답답합니다. 하지만 그것은 어린이들이 거부할 수 없는 현실입니다. 이사를 가게 되면 학교도 옮겨야 하고 생활환경도 바뀌며 새로운 친구도 사귀어야 합니다. 거부할 수 없는 현실, 그것이 동심으로 드러나 있습니다. 어린이들이 어른들의 생활고를 몰라도 되는 세상이 왔으면 참 좋겠습니다. 그런 세상이라야 아이들이 마음껏 걱정 없이 뛰어놀 수 있기 때문입니다.

현실은 또한 경제의 어려움도 반영됩니다.

엄마가 사다 준
일회용 면도기 한 번 쓴 뒤에

바로 버리기 아까워

수염을 여러 번 깎고 또 깎으시는
우리 아빠

일회용 면도기 아닌
오회용 육회용

열 번 가까이 사용하는
아빠는 구두쇠

용돈 좀 주세요 네?

—〈구두쇠 아빠〉 전문

어려운 경제난이 계속되자 어른들은 허리띠를 조릅니다. 지갑을 닫습니다. 돈 쓰면 큰일 난다고 생각하기 때문이지요. 시에 나오는 아빠도 구두쇠입니다. 면도기를 한 번만 써도 될 것을 못 쓰게 될 때까지 계속 씁니다. 아끼고 아끼는 것이지요. 하지만 어린이들에게까지 그러한 경제난의 어려움을 강요할 수는 없습니다. 어린이들에게도 돈은 필요합니다. 맛있는 것도 사 먹어야 하고 재미나는 게임을 하려면 어느 정도의 용돈이 필요하기 때문입니다. 그러니 이 작품에 나오는 주인공은 '용돈 좀 주세요 네?' 라며 애교를 떨어 봅니다. 과연 아빠가 그런 아이에게 용돈을 줄지는 알 수 없습니다. 하지만 아이다운 애교로 구두쇠 아빠에게 돈을 달라고 하는 마음이 잘 그려져 있습니다. 현실은 비록 어렵지만 애교와 즐거움과 웃음으로 헤쳐 나아갈 수 있으리라는 희망을 시인은 작품에 그립니다. 이런 어려운 현실에서도 어린이의 동심은 주위와 이웃을 배려합니다.

나하고 놀자 남길아
응, 그래

미끄럼틀을 타고 그네를 밀어주며
재미있게 노는데

다른 아이들이 다가 온다
이 동네 아이들도 함께 놀고 싶은 거야

잘 듣지 못한다고
잘 걷지 못한다고

싫어한 게 아니었어
우리가 잘 몰랐구나

모두 친구가 될 수 있어
몸이 불편해도 서로를 도와주는

그런 사이 될 수 있어.

—〈친구〉 전문

장애인에 대한 배려가 드러나 있습니다. 그것은 곧 이웃에 대한 사랑이기도 합니다. 모두 친구가 될 수 있고 몸이 불편해도 도와줄 수 있는 것 그것이 더불어 사는 세상입니다.

나는 강연을 다니면서 많은 사람들에게 더불어 사는 세상을 이야기했습니다. 가끔은 강만수 시인도 나와 함께 다니며 어린이들에게 시를 읊어 주기도 했습니다. 그러다 보니 강 시인도 소외된 이웃과 장애인에 대한 배려의 마음을 가진 사람이 되었습니다. 한 번은 강 시인이 집 앞을 가다가 휠체어를 잃어버린 장애인이 도와달라는 말을 듣고 주머니에 있는 돈을 모두 털어 준 적도 있다고 했습니다. 지금도 늘 나를 만나면 내 휠체어를 밀어주고 내가 원하는 곳에 갈 때 도와주고 있습니다. 그는 자연스럽게 나의 친구가 됨으로써 장애인을 도와주는 사람이 되었고 장애인을 이해하는시인이 되었습니다. 그것은 시인의 따뜻한 마음이 있었기에 가능한 일입니다. 그러한 마음이 바로 이렇게 동시의 세계에 들어왔습니다. 장애인이라고 따돌리지 않고 장애인이라고 멀리 하지 않으며 함께 놀 수 있는 관계가 되기를 시인도 진심으로 바랍니다. 그것은 어른들보다 어린이들의 세계에서 더욱 자연스럽게 이루어질 것입니다. 그러한 마음을 가진 어린이들이 커서 어른이 되면 우리 사는 세상은 더불어 사는 세상이 될 수 있습니다. 그것은 나의 꿈이기도 하지만 시인의 꿈이기도 하고 모든 어린이들이 기쁘게 함께 어울려 사는 세상이기도 합니다.

하지만 어린이들은 꼭 그렇게 행복한 세상만을 사는 것은 아닙니다. 아빠 엄마가 없거나 가난한 형편 때문에 학원을 다니지 못하는 아이들은 이 사회의 그늘에 내던져집니다. 학원에 다닐 때는 모든 아이들이 학원을 다니는 것 같지만 공부방에서 보호받는 아이들도 있습니다.

아직 뿌리를 내리지 못한
어린 나무 같은 아이들이 있어요

넉넉한 햇볕이 들게 하고
물을 뿌려

묵묵히 아이들을 길러 낸
어제보다는 오늘이

오늘보다 내일이 더 나을
나무와 같은 아이들 곁에는

목마를 때 마시는 맑은 샘과 같은 선생님이
미소 짓고 있어요.

—〈공부방 선생님〉 전문

그 아이들도 역시 친구이며 같이 살아야 될 아이들입니다. 그 아이들을 돌보는 선생님들을 맑은 샘과 같다고 묘사했습니다. 시인의 안쓰러움이 잘 드러납니다. 그리고 그들에게 응원과 격려를 보내는 것이 바로 이 동시입니다.

동심의 마음은 따뜻하고 부드러운 부처님 마음입니다. 비록 현실에 발을 딛고 있고 상상력을 통해 문제 제기를 할 수 있다 하더라도 동시에 나오는 세상만 같다면 이 세상은 아름다울 것입니다. 강만수 시인의 동시들은 읽고 나면 우리의 마음을 따뜻하게 하면서 세상을 좀 더 열심히 잘 살아야겠다는 각오를 다지게 해 줍니다. 그건 나약한 요즘 아이들에게 꼭 필요한 덕목입니다. 동시를 읽고 시인의 아름다운 노래를 듣는 건 아이들의 정서 개발에도 무척 좋다고 생각합니다.